AF258525